지금, 행복하기를 바라는

_____ 님께!

심성희 드림

지금,
행복하기

심성희 지음

도서출판

소리와울림

책을 내면서

"이 가을 나는 왜 이렇게 나이를 먹는 걸까?"

'하이쿠'(일본의 정형시) 작가 마쓰오 바쇼의 글입니다.

이 봄, 나는 왜 이렇게 나이만 먹은 걸까요?

완결의 미보다 과정의 인내가 더 아름답다고 말하지만 아침이슬처럼 금세 사라져간 젊음이 영영 아쉽기만 합니다.

중간중간 뒤돌아보며 낡은 틀을 바꿔보려 했지만 역시 왜 나이만 먹었는지 모르겠습니다.

하지만 소담한 이야기와 작은 경험들을 조각보를 엮듯 하다 보니 지금껏 잘 살아온 것 같습니다.

그리고 어느덧 한 권의 책이 되었습니다.

말로서 못 한 것을 친구에게 편지하듯, 일기를 쓰듯 담아보았습니다.

이 책 안에서 저와 당신의 대화가 어떻게 이어갈지 의문입니다.

하지만 언제 어디서든 당신의 손안에 꼭 쥐어지기를 바랍니다.

그저 나이만 먹지 않았던 저와 당신의 이야기로, 편안한 시간에 만나 뵙기를 기대해 봅니다.

행복한 독서가 되었으면 합니다.

지금, 행복하십시오.

2026년 봄
남한강이 보이는 양평 서재에서
심성희

CONTENTS

04   지금, 행복하기

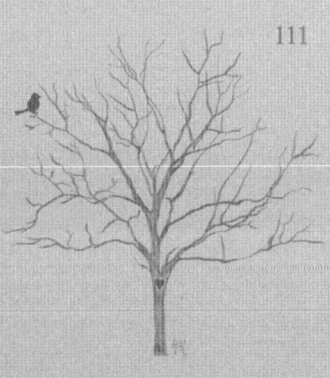

지금,
행복
하기

봄

세 상에서 가장 아름다운 작품은 나 자신입니다.
끝끝내 내 곁에 남는 것도 나 자신입니다.
자신을 살찌우고
자신을 가치 있게 만들고
자신을 빛나고 아름답게 하는 것이
오늘 내가 해야 할 의무입니다.
자신을 만족하게 하는 또 다른 나
그대여, 너무 멀지 않은 곳에서 자신을 꼭 만나기 바랍니다.

_자신에게 용기를 주고 싶을 때

봄 비 치고는 꽃들을 아프게 하는 굵은 비가 내립니다.

빗속으로 벚꽃을 만나러 나선 건 처음입니다.

비 바람이 사정없이 차 창을 때립니다.

길 가로 하얗게 얹혀있던 벚꽃들이 비를 맞습니다.

유난히 벚꽃을 좋아했던 당신이 떠오릅니다,

꽃은 다시 피었는데 당신은 돌아오지 않네요.

함께 할 수 없는 슬픔이 비가 되어 내리는 모양입니다.

_벚꽃 길을 달리면서

그런 사람 있다는 거 몰랐습니까?

세상에는 좋은 사람도 있지만,

싫은 사람도 있다는 걸 알아야지요.

주위의 반은 좋은 사람이고

나머지 반은 싫은 사람입니다.

좋고 싫고의 잣대는 나 자신입니다.

나 또한 누구에게는 좋은 사람이며,

또는 싫은 사람입니다.

그러니 그런 사람을 만날 때마다 하나 더 배워간다고

생각하십시오.

그 순간만은 그런 사람보다 나 자신이 낫다는 것에 용

기를 주십시오.

_힘든 모임을 다녀와서

서운해 하지 마십시오.

대가가 없다고 탓하지 마십시오.

'내가, 대가를 바라지 않는 편안한 사람이었구나'라고

생각하십시오.

보이는 것보다 보이지 않는 것이 많으며,

요란한 것보다 잔잔하게 전해지는 감동이 더 진하다

는 것을 명심하십시오.

인생이란 스스로 시험하고 평가하되 언젠가는 되돌아

오는 것입니다.

지금에 서운해하는 인간은 되지 않도록 하십시오.

_서운함이 일어날 때

구겨진 신뢰를 회복의 다림질로 다려봅니다.

　생각보다 안 됩니다.

그어진 선이 여전히 남아있습니다.

본래의 모습으로 다시 돌아갈 수 없는가 봅니다.

바램도 기대도 없는 관계

그래야만 나도 존재하고 그도 존재하는가 봅니다.

_신뢰를 잃은 관계를 이어가면서

'꽁트' 하나.

　　화장실에서 초등 1, 2학년쯤 되는 여학생 둘의
이야기를 엿듣게 되었습니다.

A : 야, 이런 곳이 공중화장실이라고 하는 거니?

B : 아니지. 혼자서 따로 가는 곳이 공중화장실이야.

A : 그래? 그럼 이런 곳은 뭐라고 해.

B : 개인 화장실이지 뭐.

A : … ….

잠시 후, A가 볼일을 마치고 밖에서 기다리면서

A : 빨리 나와. 기다릴게.

B : 그래, 최소한 빨리 나가도록 할게.

나 : 키키키(소리 없는 웃음)….

A 때문에 웃는 건지, B 때문에 웃는 건지.

A와 B는 다정히 화장실 문을 열고 나갔습니다.

　　　　　　_서로 모르는 건 전혀 불편하지 않다는 사실

창가의 하루

그림자도 아직 잠을 자는 창가.

이제 막 어두운 모습을 벗고 자연색으로 갈아입습니다.

오른쪽으로 서서히 다가오는 햇살

같이 놀자며 손 내밀지만 자꾸 벗어납니다.

그러다 책상 왼쪽 귀퉁이까지 종종 걸음치더니

어느새 홍조 띤 자취만 옅게 남기고 갑니다.

이제 햇살도 가고 그림자도 떠난 창가입니다.

전등 빛이 다가드니 밤의 서늘함이 사무치게 와 닿습니다.

창가는 다시 검은 잠옷으로 갈아입으며 정적을 깔아 놓습니다.

_창가에서의 하루를 보내며

'안 올 줄 알았지? 그런데 이미 지나가 버렸잖아.'
기다리던 일은 반드시 왔다 갑니다.
그러니 너무 고민하지 말았으면 합니다.
오지마라는 요행도 바라지 않았으면 합니다.
기다리지 않아도 올 것이며, 가라고 하지 않아도 가는
게 시간입니다.

_초조했던 시간을 보내면서

두 가지 모습의 내가 있습니다.

　　복잡한 동선, 밀폐된 생각, 한정된 속의

내가 있고

또 하나는 내 안으로 숨겨놓은 내가 있습니다.

하루를 접는 해거름 속

꼭꼭 잠겼던 뚜껑을 열면 또 다른 내가 나를 맞습니다.

부드러운 조명과 희미하게 흘러나오는 글 향기

또 다른 삶이 시작됩니다.

그런데, 정작 왜 이렇게 잠만 쏟아지는지요.

　　　　　　　　　　_퇴근 시간 이후 책상에 앉으면서

그간 서로를 멀게끔 했던 고민을 털어놓습니다.
모르면 답답하고 알게 되면 괜한
걱정일 것 같아 묻지도 대답도 않던 사이입니다.
서로 내부 수리 중이었던 긴 침묵
희망을 거머쥐고 잠시
뒷걸음질하는 법을 배울 때였는지
생각보다 깊고 힘든 말문이 훅-하고 뱉어집니다.
'인생은 파도타기'라는 것을 가르쳐 주는 것 같습니다.

_사업에 힘든 당신을 만나면서

직장과 집, 직장과 집을 연연하며 텅 빈 생각으로
며칠을 보냅니다.
넋이 나간 껍데기로 죽은 것처럼 살지만
아픔을 느끼는 게 왠지 억울합니다.
주위 것들은 빠르게 지나가는데
제자리에 있다는 것이 죄인 같습니다.
지금의 시간이 호시절처럼 빨리 지나갔으면 합니다.

_제자리걸음만 하는 자신을 탓하며

하루가 너무 깁니다

　　문제는 산재한데 어떤 해답도 찾을 수 없습니다.

시간은 멈춘 듯 더디기만 하고

종일 구름 낀 창밖은

곪은 진액 같은 비를 쏟아내며 간간이 기침까지 해댑니다.

회색 시간이 지나고 하나둘 켜지는 불빛

하루의 끝자락에라도 작은 희망을 볼 수 있을지

시간을 그냥 보내버린 죄

죄인의 밤은 길기만 합니다.

_무료한 하루를 보내면서

어둡고 힘든 여정을 지나니

　시원한 빗소리가 향기를 불어넣습니다.

어제보다 괜찮은 오늘이란 게 이런가 싶습니다.

그렇다고 오늘보다 괜찮은 내일이 될 거라고 섣불리

하지 않겠습니다.

빗속에 한소끔 끓였던 속앓이를 떠나보냅니다.

한가하게 들어차는 평안함

잠시 머리를 누입니다.

시간 안에 제가 존재하는 게 아닌,

제 안의 시간을 거울처럼 들여다봅니다.

웃는 얼굴

참으로 오랜만입니다.

_거울을 보면서

누군가가 나를 필요로 하고 가까이 하려는 것이
이렇게 뿌듯한 일인 줄 몰랐습니다.

이제야 뭔가가 내게로 오고 있음을 감지합니다.

늦은 철듦인가요.

함께 나누는 시간

저를 분명 좋은 쪽으로 데려가고 있음에 감사할 따름
입니다.

그저 먹지 않는 세월과 연륜, 참으로 아름답습니다.

_나를 찾아온 후배를 만나고

"시도 끝에 실수하는 사람,
아무 시도도 않는 사람,
시도 끝에 실수를 저지른 사람은 진급되어야 하지만,
시도조차 하지 않고 실패한 사람은 해고되어야 한다
고 믿는다.
결과적으로 대담한 사람들은 무엇인가를 끊임없이 배
운다.
또한 그들은 회사를 탁월한 차원으로 이끌고 있는 사
람들이다."

-톰 피터스

지인이 보내준 아침 메시지입니다.
매일 보내주고 있으니, 이런 것에 살맛 난다고 하겠지요.
얕은 곳에는 깊이를
짧은 곳에는 여유를
높은 곳에는 겸손을 선물하는 사람입니다.
나는 이런 괜찮은 사람을 알고 있는, 썩 괜찮은 사람
인 것 같습니다.

_아침 메시지를 확인하면서

맘이 저울질하고 재어 보았습니다.
  그리고 결국 닫아버리기로 했습니다.
너무 생각하다 보니 외로워지고
쉽사리 접지 못하는 끈적임이 어리석게 느껴졌습니다.
그래서 물러납니다.
당신이 행복하면, 나도 행복하다는 결론을 내립니다.

_답답한 대화창을 닫으면서

배 설.

몸 안의 독기가 서서히 빠져나가는 게 느껴집니다.

들어찼던 공간이 비워지니 맥이 놓입니다.

하나, 둘, 셋, 넷… ….

제때 분출되지 못한 것들이 쌓이고 굳어져 고통스러웠는데

이제야 살 것 같습니다.

가둬진 헛배부름보다 부족한 듯 비워짐이 낫다는 것을
나른하게 밀려오는 졸음 속에서 깨닫습니다.

_제자리를 찾아가며

그리움.

그리움은 그냥 그리움으로 남겨 두렵니다.

그리움이 있기에 기다림을 배우며

기다림이 있기에 희망을 가져봅니다.

희망이 있기에 삶이 신나고

언젠가 만나리라는 열정을 연습합니다.

_그리움 속에서

너무 쉽게 도달했다고 생각합니다.

노력 없이 어쩌다 이곳에 섰는 줄 압니다.

아무것도 없어 방황했고 무엇부터 시작할지 몰라 섣부른 용기 하나로 출발했습니다.

어디로 가고 있는지, 확신이 서지 않아 누구에게 말할 수 없었고 노력은 바람처럼 지나가 보여줄 것도 잡을 것도 없었습니다.

그 많은 고독과 긴 침묵 외로움과 인내만이 나를 잡고 늘어져 끝이 보이지 않는 곳에서 울기도 많이 했습니다.

후회나 좌절은 하지 않았습니다.

최선을 다해보자는 나의 노력을 믿었고, 선택에 대한 신뢰를 다짐했습니다.

그런 과정을 알 리 없는 그들입니다.

그래서 너무 쉽게 온 줄 압니다.

그러면 어떻습니까.

어차피 삶이란 잘 볼 수도, 잘 보여 줄 수도 없는 것이니까요.

_성장의 한 단계를 거치면서

이제부터,
'감춘다'라는 단어보다 '비밀'이라는 표현이
어떤지요.
비밀이 있다는 것은 마음의 여유가 있다는 것이며,
여력의 상징하기도 합니다.
비밀은 겉으로 드러내지 않는 조용한 미소이며,
겸손이자 활력입니다.
비밀은 비밀이어야 그 가치가 있으니 억지스럽게
밝히려고는 말아줬으면 합니다.
비밀의 관객은 자신이며, 비밀의 주인공도 자신입니다.
비밀은 혼자 통과하는 관문이며 오래도록 쌓인
자신에 대한 신뢰입니다.
그리고 기댈 수 있는 든든한 대들보입니다.
비밀은 삶의 안쪽에 놓아야 하며 소중히 간직해야
하는 것입니다.
무엇보다 중요한 것은 남의 비밀을 알려고 하지 않는
것입니다

_비밀의 문을 열고서

생각했던 그런 날은 반드시 옵니다.

그리고 아무 일 없던 것처럼 지나갑니다.

그래서 말합니다.

아무 일 없을 것처럼 기다리다 덤덤히 그날을 맞이하

면 된다는 것입니다.

그렇게 왔다 가기를 반복하는 게 삶입니다.

_걱정했던 일을 마치고

나를 위해 누군가가 최선을 다해 준다는 건 분명 축복입니다.

세상이 나를 향해 혼자가 아니란 걸 실감케 합니다.

그렇다면 내 삶이 누군가에게 축복이 되었는지

누군가를 위해 나 자신을 바칠 만큼 최선을 다했는지

묻습니다.

아무튼 고맙다. 친구야.

_깨우침을 준 친구와의 만남을 뒤로하면서

베 푸는 것도 연습이 필요합니다.

의도적으로 시작했지만 습관이 되도록

노력하고 있습니다.

아직은 계산된 마음이 앞서고 건네줬던 것들이

아쉽고 서운하지만

연습합니다.

참으로 괜찮은 노력인데 못 할 게 뭐 있겠습니까.

_뜻하지 않은 반응에 감동하면서

겨울에 찾아든 그리움이 4월로 접어듭니다.

시든 목련처럼 떨어지는 기억

마음보다 몸에서 거부당한 털복숭이 인형

겨울이 오면 다시 가까이할 수 있을지

지금은 없는 그대를 향해 봄향기 실어 보냅니다.

_털복숭이 곰인형을 안으며

분 수(噴水) 앞입니다.

수학 분수(分數)와 달리

정원 분수 곁에서 신이 납니다.

올라오는 물길을 막으니 심하게 발버둥 칩니다.

분수를 모르는 인간들이 생떼를 쓰듯 합니다.

바람이 불어오니 물줄기가 흩어집니다.

역행을 따르지 못해 죄인처럼 뚜두둑 떨어집니다.

_분수 앞에서 1

멀리서 바라보면 하나의 줄기지만
작은 물방울이 모인 춤사위입니다.
방울 하나를 따라가니 눈이 어지럽습니다.
하나씩 보아야 할 것이 있고
한 덩어리로 봐야 할 것이 있는 것 같습니다.

_분수 앞에서 2

저를 기억할 것 같은 이에게 모처럼
연락했습니다.

마치 어제 만난 것처럼 심사를 털어놓았습니다.

그와 함께 한 과거 속 행복한 저를 발견합니다.

'내게도 이렇게 괜찮고 충실했던 과거가 있었구나.'

그러자니 지금에 충실하자는 생각이 듭니다.

지금의 누구도 미래 어느 한 시점에서

과거를 찾는 그리움 되어 다시 만나게 될 테니까요.

_격조했던 안부 인사를 나누면서

생일 축하 자리라고 합니다.

축하받고 싶지 않지만 축하를 해준다니 먼저
자리에 와 기다립니다.
유리창 밖 빗줄기가 인사를 건넵니다.
네온 불이 비 온 뒤 맑은 공기를 훤하게 비춥니다.
한 살 더 한 제 자신도 비출게 있는지 물어봅니다.
때로는 차갑게, 때로는 정감있게, 때로는 날카롭게,
때로는 비처럼 씻겨낼 지혜로움을 지녔는지
사람 냄새 더 진해진 그런 나이를 먹었으면 합니다.

_생일 축하 자리에 앞서서

길고 긴 기다림 끝에

　　오늘에야 그 하나를 떠나보냅니다.

섭섭함이 밀려듭니다.

떠난 자리에 또 뭔가로 채워야 할 것 같은데

아직은 비워둡니다.

빈자리로 시린 바람이 듭니다.

초여름 푸르름이 한없이 유혹하는데 말입니다.

　　　　　　　　　　_떠나보낸 빈자리에서

세 상은 참 다양한 사람들이 살고 있습니다.

인종, 문화, 환경, 식성, 습관, 관심,

취미와 특기가 다른

내가 남과 같지 않은 것처럼 남은 나와 다릅니다.

그러니 같지 않음을 서운해하지 말아야 합니다.

하물며 사람 마음이 더 다양하다는 것을

말해 뭐하겠습니까.

_다양한 마음들을 읽으면서

무언가 떨어져 나간 느낌입니다.

나의 오른팔? 왼팔?

아니 전부?

남한강과 북한강이 만나는 두물머리

둘이 섰던 자리에 혼자 섰습니다.

견디기 힘든 시간이 흐릅니다.

잡히지 않는 강물

어디로 가야 할지….

강가 나무처럼 멍하니 서 있습니다.

_아버지의 부재를 느끼면서

쉼 표-!

그저께는 잦게 4분 쉼표로 보냈습니다.

어제는 2분 쉼표로 좀 길게 쉬었습니다.

끊임없이 이어지는 음표와 리듬

지친 머리로 아무것도 할 수 없으니

쉴 때 쉬어야 한다고 자신에게 건넵니다.

그래서 오늘은 온쉼표로 보내 볼까 합니다.

잠깐의 멈춤, 행복한 충전이 되리라 믿습니다.

_비 오는 5월 봄날에

나이 들수록 헐거워져 갑니다.

　　옷차림도 편하게, 음식도 손쉽게, 운동도 대충
합니다.
탄탄하게 하고자 했지만, 어느덧 느슨하게
풀어져만 갑니다.
다질 것은 다지고 버릴 것은 버리면서
헐거워지는 것에 정신 바짝 차려야겠습니다.
그런데 이런 결심조차 헐거워지고 있으니 어찌해야
할런지요.

_느슨함을 조이며

여름

물기를 한껏 빨아들인 잎

   햇빛을 등진 초록이 가득한 창가

손길 닿은 만큼 뻗어 올린 눈부신 생명력

파릇한 움직임과 새뜻한 기운

창가는 작은 천국이나 다름없습니다.

_창가의 작은 화분들을 바라보면서

"노동 후에 쓴 글은 상상력은 뛰어나지만 게으른 공상에 불과한 글 보다는

더욱 음악적이고 진실을 담고 있는 글이다."

헨리 데이빗 소로우(Henry David Thoreau, 1817-1862)의 말입니다.

그는 책상머리에 앉아 있을 시간을 고스란히 노동으로 대신했습니다.

땀의 씻김과 노동 뒤의 식욕으로 식탁을 차렸고

달콤한 피곤이 포상처럼 안겨졌을 것입니다.

오늘 나는 얼마나 힘든 노동과 땀을 흘렸는지 생각해 봅니다.

_노동과 땀의 대가를 생각하며

이 세상은 알아도 그만, 몰라도 그만입니다

관심 갖기는 귀찮고, 관심받기에만 열을 올립니다.

나와 무관하고 이익이 안 되면 더욱 그렇습니다.

세상은 '외로움'과 '고독'으로 가득합니다.

다들 그렇게 살아가고 있습니다.

_무심한 것들을 향하여

씨앗이 있습니다.

알찬 것만 골라 심었습니다.

어떻게 자랄지 미리 걱정하지 않을 겁니다.

시간 맞춰 물 주고 잡초도 솎아줄 겁니다.

떡잎마다 반가움의 인사를 건네며 햇살이 내려앉게
해줄 것입니다.

관심, 손길이란 양분을 준다면 분명 잘 자랄 것이라
믿습니다.

_씨앗을 심으며

온통 초록입니다.
　　　얇은 초록, 두꺼운 초록,

맑은 초록, 탁한 초록

여린 초록, 성숙한 초록

옅은 초록, 진한 초록

작은 초록, 넓은 초록

낮은 초록, 큰 초록

날씬한 초록, 통통한 초록….

온통 아이들입니다.

명랑한 아이, 어두운 아이

강한 아이, 약한 아이

모난 아이, 둥근 아이

씩씩한 아이, 허약한 아이

내향적인 아이, 외향적인 아이….

초록과 아이들,

정(靜)과 동(動)이 어우러지는 조합입니다.

산은 말없이 초록과 아이를 품습니다.

_아이들과 함께 여름 산을 오르면서

둥지를 찾아 헤매는 그들입니다.

　　말벗이 필요한 그들에게 나의 미온한 품을 열어
봅니다.

소박한 구유가 되어 그들의 허기를 채워주고

따뜻한 차 한 잔에 헛헛했던 모습들이 다시 피어납니다.

제게 온 것만으로 저는 나눌 게 있는 사람인 것 같습
니다.

오늘도 행복은 감사하게 찾아왔습니다.

_자원봉사를 하면서

노동보다 돈의 효용이 더 중요한가 봅니다.

시간보다 돈의 능률이 더 고차원적인가 봅니다.

마음보다 돈의 발광이 더 빛나는 것 같습니다.

하루가 저물어 가니 인(人)의 가치도 이울어 가는 모양입니다.

_돈에 휘둘린 어느 날

같은 일을 두고 용서하는 사람이 있는가 하면,
용서하지 못하는 사람이 있습니다.
두 사람의 유형이 있는 것이 아니라, 두 가지의 잣대
가 있는 것 같습니다.
경험 많고 이해의 폭이 깊은 이는
용서의 범위도 넓습니다.
자신이 어떤 잣대를 갖고 있느냐에
자신에게 돌아오는 것 또한
용서되기도 하고 안되기도 합니다.

_용서를 생각하면서

스쳐가는 모든 것은

기억에 잠깐 머물다 사라집니다.

금 간 물병처럼 말입니다.

메모를 합니다.

새 나가는 것을 담습니다.

그 곳에서 작은 생명이 피어납니다.

꽃과 잎, 나비와 벌도 날아듭니다.

'메모'는 지금을 놓치지 않는 양분이며 양식입니다.

삶의 최고의 극본이기도 합니다.

_'메모' 예찬

점 점 새가슴이 되어갑니다.

일어나지도 않은 일에 대해 미리 걱정합니다.

나무와 꽃이 시들어 가고, 새들의 먹이가 줄고,

강아지와 고양이들이 학대받고, 산은 가시박으로

덮혀 갑니다.

작은 민원과 상담에도 가슴 조이니

잔주름처럼 늘어나는 잔걱정 투성입니다.

지나가면 다 별일 아닌데 말입니다.

'나도 점점 나이들고 있구나…'

자연 속 미물이 되어갈 즈음엔

자연으로 잘 돌아가야 한다는 걱정까지 합니다.

_나이 듦에 대하여

제 목소리를 낸다는 것은 존재를 표현하는 노력입니다.

개는 개 소리, 새는 새 소리

사람은 사람 소리입니다.

하지만 출처가 불분명한 소리가 많습니다.

이성이 아닌 현요한 소리, 보무도 당당한 울림들입니다.

진실한 소리,

신념이 들어간 소리,

그런 소리를 냈으면 합니다.

_무가치한 소음 속에서

혼 자면 편할까요.

　귀는 욕심과 주장이 가득하고

입은 형식과 가식이 득실댑니다.

눈은 거짓이요, 코에서는 썩은 내가 진동합니다.

가슴은 공허하니 언제나 바램만 가질 뿐

사람과 일 멀미에 일찌감치 접고 싶은 오늘입니다.

_혼란스러운 날을 보내며

삶이란 게 이런 걸까요?

　　　될 만하면, 어디서부터 일이 꼬이기 시작하고

살 만하면, 건강이 받쳐주지 않고

익숙해지면, 새로운 것이 들어와 뒤로 물러앉게 되고

할 만하면, 외부의 저지가 들어옵니다.

완결을 바로 앞에 두고 포기하고 맙니다.

그래도 계속한 이는 성공으로 치닫고

거기가 끝이라고 접어버린 이는 실패합니다.

삶이란 게 이럴 것 같다고 하지만

사실 경험 없이는 모르는 것과 다름없습니다.

_땀의 대가를 깨우치며

지금이 행복하면 나중도 행복합니다.
지금 시작하면 나중은 그만큼 앞서 있고
지금 웃으면 나중도 웃습니다.
지금 긍정적이면 나중은 희망적이고
지금 최선을 다하는 사람은 나중에도 최선을 다합니다.
지금 시도하지 않으면 후회뿐입니다.
지금에 충실하고,
지금을 사랑합시다.
우리의 삶은 지금을 살아가는 것이니까요.

_'지금'을 깨우치며

"**땅**을 파서 땀 흘린 적 단 한번도 없고

　　　오직 어머니 가슴만 갈아엎은 불충

제 업적의 모두입니다.

그 가슴 썩을 대로 썩어

거름 한 번 억세게 좋았던건지

지나가는 바람이나

죽은 가지까지

속 모르게 거친 싹을 틔웠던 거라

어머니 가슴은 무성한 잡초밭이었습니다."

'어머니'란 말에 가슴이 아픕니다.

당신들 어깨 낮추며 잘난 척 고개 들어 여기까지 왔는데

당신 가슴 타들어 간 아픔과 희생이었다는 것을 알지

못했습니다.

당신으로부터 받은 것

제 딸아이가 모두 가져가니,

이제 진짜 '어머니'가 되어 가는 것 같습니다.

　　　　　_신달자의 시 '어머니의 가슴'을 읽고서

"**남**의 손을 씻다 보면 내 손도 따라 깨끗해지고
남의 귀를 즐겁게 해주다 보면 내 귀도 따라
즐거워진다.

그리고 남을 위해 불을 밝히다 보면

내 앞이 먼저 밝아지고

남을 위해 기도를 하다 보면 내 마음이 먼저 맑아진다."

_구스타보 구티(해방신학의 영성가)

남보다 내가 먼저였고

남을 위한 시간보다 내 시간 찾기에 바빴고

나의 계획 앞세워 여유 없다 거절했습니다.

그런 바쁜 날은 여전히 계속되고

형편이 나아진 지금에도 진행형입니다.

지금이 아니면 나중도 없습니다.

남을 위한 마음이 아니면 아무것도 할 수 없다는 것

'남'이, 결국 '나'라 것을 배워 가는 중입니다.

_늦깎이 삶을 살면서

"세월이 이따금 나에게 묻는다.
사랑은 그 후 어떻게 되었느냐고
물안개처럼
몇 겹의 인연이라는 것도
아주 쉽게 부서지더라"

_류시화의 시 '물안개'

그렇습니다.
사라지고, 부서지고, 잊혀지고, 헤어지고, 멀어지고,
떠나고, 망각되고, 묻혀지는 것이
사랑이었습니다.

_사랑이라는 질문에 답하면서

"감자에게,
　　　만일 내가 감자라면
그렇게 꽉 움켜쥔 주먹으로
자기 자신과 타인을 대하진 않으리라

바닷게에게,
만일 내가 바닷게라면
그렇게 매순간 삶으로부터 달아나기 위해
자기 몸보다 더 큰 다리를 갖고 있진 않으리라

거미에게,
만일 내가 거미라면
그렇게 줄 곧 허공에 매달려
초월을 꿈꾸진 않으리라

벌에게,
만일 내가 벌이라면
그렇게 참을성 없이 순간의 고통을 찌르기 위해
자신의 목숨을 버리진 않으리라

언덕에게,

만일 내가 언덕이라면

그렇게 보잘 것 없는 희망으로

인간의 다리를 지치게 하진 않으리라

밤에게,

만일 내가 밤이라면

그렇게 서둘러 베개를 빼

한낮의 외로움 속으로 데려가진 않으리라"

나에게,

만일 내가 나라면

그렇게 시간을 낭비하며

먼 길 돌아오진 않았으리라.

또한 한 귀로 흘려듣지 않으며

한 팔로 휘적이며 대충 넘겨 가지 않았으리라.

그리고 이런 시 구절로 위로받지 않았을 겁니다.

_류시화의 시 '감자와 그 밖의 것들에게'를 읽고서

지금껏 해 온 것이 허사가 되고 말았습니다.

그간의 기록이 아무것도 아닌 것이 되어버렸습니다.

밤마다 글쓰기로 위로받은 것도

벌레처럼 꿈틀거린 것에 지나지 않았습니다.

기계에 억세게 두들겨 맞았음에도

보여줄 상처 없으니 이틀째 속앓이합니다.

며칠을 이렇게 더 보내야 되는지요.

비조차 내리니

버티던 마음마저 쓸어가 버립니다.

_pc의 주요 자료를 날려 보낸 허탈감에서

(1904~1961), (1911~1943)….
인물의 연혁을 봅니다.

끝 숫자가 눈에 들어옵니다.

시인으로, 소설가로, 음악가로, 미술가, 평론가, 철학

자, 교육자, 성직자로

첫 숫자로 시작해서 끝 숫자만 남기고 떠났습니다.

일찌감치 떠난 이도 있고, 제때 떠난 이도 있고 모질

게 연명하다 간 이도 있습니다.

어떻게 마감하든

언젠가는 찾아올 끝숫자입니다.

아직은 괄호 안 어디쯤에 있는 오늘

감사하고 행복하게 살아야 하겠습니다.

_엄마가 계신 납골당에서

가슴 몽오리.

　　제 뱃속에서 나온 예쁜 아가

세상에서 가장 귀여운 아이입니다.

몽실한 엉덩짝 만지는 재미로

삶을 웃게 만들어 준 딸아이

어느새 꽃몽오리 같은 망울이 수줍게 올라옵니다.

그 모습 신기하여 사알짝 손길 주니

까르륵 소리치며 내뺍니다.

"요 녀석이 벌써 여자가 되어가는구나."

두근대는 어미 마음

흐뭇한 주름이 잡혀갑니다.

　　　　　　　　　_성장하는 딸아이를 보면서

인 생은 마술 같은 것
　　보이지만 보이지 않는 것처럼
사실이지만 사실이 아닌 것처럼
거짓이지만 거짓이 아닌 것처럼
선의로 이루어지는 연금술사
마술처럼 펼쳐지는 인생의 묘미
이 기술을 닦는데, 한평생을 소비합니다.
그리고 마술처럼 사라집니다.

_tv 마술쇼를 보면서

몇 년을 함께해도 좁혀지지 않은 사이인데

술 한 잔에 무뎌지고

술 두 잔에 먼 거리가 지척으로 와 닿고

술 석 잔에 수평관계가 됩니다.

허례허식 언어 잔치

허무와 후회의 독배가 이어집니다.

_모임을 뒤로하면서

친구야,
　　시간의 굴레에서 살고 있지만

더 이상 보고픔이 쌓이기 전에 만나자.

네 밥그릇과 식구들 밥그릇까지 챙기기 바빴지만

네 밥그릇 얼마나 더 커졌는지 구경이나 좀 하자.

삶이 그런 것 아니겠니

지나치다가도 멈추고

섰다가도 좀 앉아서 쉬어가야 되지 않겠니.

아무것도 준비할 것 없이

그 좋은 웃음과 덕담만 들고와라.

추억도 꼬깃꼬깃 잘 챙겨 넣구

흙자리 풀이불 덮는 날까지

얼굴 잊지 않게 만나자. 기다린다. 친구야.

　　　　　　　　　　　_대학 동기 모임을 앞두고

가로 6cm 세로 11cm 작은 물체

어린아이가 그 물체에 먹히고 있는 중입니다.

신호도 없고 반응도 없는 것을 계속 확인합니다.

펼쳐진 책은 진열품인지

몇 시간째 같은 페이지입니다.

한시도 가만있지 못하고 열었다 닫았다

물체에 달린 장식이 달그락 달그락

기계에 먹혀가는 자신을 알기나 하는지

일찌감치 독을 약으로 먹고 있는 아이

기계 소리가 심장보다 더 크게 울려가는 요지경 풍경

입니다.

_휴대폰을 놓지 않는 아이를 보면서

비가 올 듯 말 듯 한 아침

해가 나올 듯 말 듯 한 점심

몸 안의 수분이 날아가 버린 뜨거운 오후

돌아가는 선풍기도 더위를 거둬가지 못해

에어컨의 냉기를 그리워합니다.

일은 진척되는 듯 마는 듯

능률 없는 시간만 보내다 퇴근 시간을 맞습니다.

장마일까

무더위의 시작일까

날씨도 나도 똑 부러지지 못한 일상을 보냈습니다.

_올해의 첫 무더위였다고 하는 날에

연일 비가 옵니다.

두꺼운 먹구름이 둥둥 떠 있습니다.

세상이 더러워 씻어버리려는지

굵은 빗줄기가 땅으로 쿡쿡 박힙니다.

우산 없이 빗속에 섭니다.

용서 비는 마음으로 자연의 회초리를 맞습니다.

_우산 없이 그냥 빗속에 서서

그녀들이 TV 앞에 모였습니다.

드라마에 눈을 꽂습니다.

만나서 설레고 헤어져서 우는

삼각 사각 관계의 짜릿함에 불끈합니다.

드라마처럼 살아왔다는 그녀들입니다,

그러나 바로 옆에 있는 동료의 드라마 같은 과거에는

관심이 없습니다.

자신들이 주인공인 드라마에는 일찌감치 채널을 돌린

듯합니다.

_드라마를 보는 그녀들을 보면서

하루를 돌아봅니다.
비난보다 칭찬을 하고
내게 없는 것을 상대에게서 발견하려고 했는지
상대방의 단점보다 장점을 찾고자 노력했는지 떠올려
봅니다.
오늘 하루 얼마큼 긍정적인 생각을 했으며
돌아서면 후회할 것은 하지 않았는지
상대방 입장에서 이해하려 했으며
받기보다는 베풀려고 했는지
나보다 '우리'을 먼저 생각했는지 떠올려 봅니다.
오늘은 '오늘뿐'이며
오늘이 내일로 가는 길목임을 생각했던 하루였는지
되돌아봅니다.

_하루의 의미를 찾으면서

그리움이 있다는 것은 행복입니다.

설렘과 보고픔이 있다는 것도 하루를 생기있게

만듭니다.

내 안에 또 하나의 영혼을 간직한다는 것,

침묵으로도 언제나 곁에 할 수 있다는 것

그것은 떨림이요, 제가 살아가는 이유입니다.

당신으로 인해 웃음 짓는 나의 연정입니다.

_30년 지기의 뒷모습을 바라보면서

이 사람에겐 이만큼의 그릇이

저 사람에겐 저만큼의 그릇이

그 역량과 넓이가 있습니다.

그것을 볼 줄 아는 안목 또한 자신의 그릇입니다.

당신의 그릇 크기는 어떤지요.

지난 그릇이 작았다면, 좀 더 큰 그릇 되어봄이 어떨

지요?

그릇 크기만큼 행복이 소복소복 담길지 모릅니다.

_그릇의 크기를 감지하며

사랑은 아픔을 대신하고 싶은 것

오늘은 사랑하는 사람이 아픈 날이었습니다.

나의 사랑을 시험케 하는 하루였습니다.

_K님의 소식을 접하고서

지금,

행복
하기

가을

바람이 먼저 가을을 알립니다.
바람보다 그리움이

그리움보다 슬픔이

슬픔보다 눈물이 먼저 흐릅니다.

보고파서….

기다림이 힘들어서….

가을이 다시 오고 있어서….

_성큼 다가온 가을을 느끼면서

가을이 깊어 갑니다.
　　정리 할 것들이 마른 나뭇잎처럼 매달려 있습니다.
너무 외롭지 않게, 너무 삭막하지 않게
하나씩 떨구어 내야 할 것 같습니다.
그러다 나뭇가지 사이 숨겨둔 외로움이 들킬까
하나도 떨구지 못할지도 모르겠습니다.

_바람을 맞는 나뭇잎을 보면서

야식을 먹으려 둘러앉았습니다.
내일이면 거북한 속 달래려
한나절 불편하겠지만
그래봐야 가족 모두 모일 수 있는 야식 자리가
몇 번 더 있을까?
닭튀김, 마른오징어에 맥주
두 아이의 앙탈스런 애교까지 있어 푸짐합니다.
어느덧 품에서 벗어나려는 아들에게
닭튀김 한 입 넣어줍니다.
오물오물 씹고 있는 딸아이 모습이 귀엽습니다.
죽으로 연명하던 엄마,
잇몸이 약해져 오징어를 씹지 못하시든 아버지
어릴 적 야식 때 잘 드신 두 분 모습이 떠오릅니다.
자식 떠나며 건강도 떠나고 맛도 떠나는가 봅니다.
지금의 야식 자리, 감사히 나누며 행복을 살찌웁니다.

_야식이 있는 늦은 밤에

제 생일이라며 동료들이
케이크와 음료를 들고 왔습니다.

촛불 켜고, 노래 부르고 박수받으며 촛불을 끕니다.

케이크를 먹습니다.

달콤합니다.

생일은 그런가 봅니다.

자신만 기억하면 불행이지만, 남들이 기억해 줄 땐 더
없이 행복하다는 것 말입니다.

앞으로 행복한 생일만 남았으면 하는 생각으로 저문
하늘을 올려다봅니다.

_나의 생일모임을 마치고서

삶은 소풍인 것 같습니다.

　　기대하며 출발하지만, 차츰 힘겨운 걸음이 됩니다.

목적지가 보이면 그때부터 신이 납니다.

배부르게 먹고 놀며 어느새 시간에 쫓깁니다.

다시 출발 지점으로 향합니다.

도착

우린 소풍을 다녀왔다고 합니다.

재밌었다 하는 이도 있고,

힘들었다 하는 이도 있습니다.

그렇습니다.

소풍에서 돌아온 출발지점

세상 모든 것은 그곳을 향해 출발합니다.

_천상병의 시 '귀천'을 읽으면서

자꾸 잠만 옵니다.
  걸어 다니면서
앉아 있으면서
음식을 먹으면서
얘기를 나누면서도 자꾸 잠만 옵니다.
당신이 가고 없는 이 세상이
벌써 지루한가 봅니다

_친정엄마를 보내고

갈 곳이 있어도
        아니 나섭니다.
자연을 닮은 당신과 있으니
굳이 찾아 나설 필요가 없습니다.
내 마음이 시작이요.
내 마음이 문제요
내 마음이 해결사입니다.
내 마음에서 생겼다 사라진다는 것을
이곳에 서서야 깨닫습니다.

                              _엄마 없는 어느 날에

여름보다 더한 더위가 가을에 찾아왔습니다.

갈 곳을 잃은 걸까요.

지난 기억 슬픔이

갈 길 잃은 나와 같습니다.

_여름의 기억 속에서

단주(斷酒),

　　술을 끊습니다.

실수와 후회를 반복하지 않겠다는 결심입니다.

한 잔으로 시작해서 또 한 잔 그리고 또 한 잔

결국 제 자신마저 비우던 지난날이었습니다.

사람은 자기와의 약속을 수없이 합니다.

그리고 수없이 파기합니다.

나 또한 그랬으며 앞으로 그럴지 모릅니다.

하지만 이젠 덜 어리석게 살기로 했습니다.

하늘을 마시겠습니다.

자연을 마시겠습니다.

사람을 마시고 대화를 마시도록 하겠습니다.

천천히 음미하며 나의 자양분이 되도록 하겠습니다.

좋은 포도는 술을 붓지 않아도 훌륭한 포도주가 됩니다.

나의 몸도 이젠 술을 붓지 않아도

괜찮은 인간미로 숙성될 수 있으리라 믿습니다.

　　　　　　　_술과 이별을 고하는 가을 중순에

가을이라서 그런가요.
　　아이들이 메뚜기처럼 뛰어다닙니다.
반면 나의 목은 하루가 다르게 쉬어갑니다.
몸도 늘어지고 기분도 노랗습니다.
할 일은 추수를 앞둔 들판처럼 바쁜데
정작 어디론가 떠나고 싶어집니다.

가을이라서 그런가요.
이리저리 뒹구는 몸과 마음
가을 멀미가 왜 이리 심한지요.

_9월, 지리한 일상에서

환경 정리를 했습니다.

　　계절이 바뀌고, 창밖 강물 빛도 달라지니

기분 전환 겸 환경판을 바꿔봅니다.

봄 나비 대신 잠자리를 앉히고

여름 냇가 대신 가을운동회를 펼쳤습니다.

사람도 이러했으면 좋겠습니다.

낡은 것은 버리고 새로운 것으로

집착을 버리고 비웠으면 합니다.

계절이 바뀌니

많은 것들을 바꾸고 싶은 지금입니다.

　　　　　　　　　_환경판을 새롭게 꾸미면서

서운한 마음이 생기려 합니다.

바보 같습니다.

가을이 주는 햇곡식으로 제를 올리고

햇과일로 배를 채우고 나면 철이 좀 들려는지요.

한 해의 노력으로 누렇게 익은 벼와 토실한 열매

성숙한 바람과 충실한 햇살,

이런 선물도 부족하여

휘청이는 자신이

한없이 어리석습니다.

보이는 것보다 보이지 않는 것을 보려 애쓰고

받은 것보다 받지 않은 것에 더 큰 것이 있음을 깨달

아야 할 것입니다.

굳은 얼굴과 아쉬움에 서운해하는 못난 인간

제 속내부터 가을걷이를 해야겠습니다.

_명절을 앞둔 어느 날에

새벽입니다. 단잠에 빠진 아이들의 모습을 봅니다
떼쓰며 고집하던 아이들의 숨소리가 사랑으로
가득 차게 합니다.
"오늘은 좀 더 잘 해주어야지."
상큼한 새벽 기운이 머리를 말끔히 씻기웁니다.
어제저녁 읽다 만 책을 펼칩니다.
책 속에 이런 구절이 있습니다.

"세상에 단 한 명이 나를 믿어주고 있다는 확신이 있
으면, 사람은 살아갈 의미를 찾는다고 했다. 그 단 하
나의 사람이 '엄마'가 되어주면 어떨까?"

잠든 아이들 앞에서 다시 태어나는 오늘은 조금 다른
아침입니다.

_새벽 독서에서

며 칠째 감기와 가을을 보내고 있습니다.

식물이 가장 아름다울 때가 뭔가가 결핍되어
있을 때라고 합니다.

결핍이 없으면 이파리만 무성하여 꽃을 잘 피우지
않기 때문입니다.

제가 그런가 봅니다.

제 몸 어느 한 곳이 결핍되었는지 감기가 찾아왔습니다.

이것을 즐기려 합니다.

그렇지 않으면 이 가을 너무 충만 되어 헛바람이
들 것 같습니다.

제 안의 결핍이 무엇일까?

아픈 머릿속은 가을 상념으로 가득합니다.

_꽃으로 피어나고픈 늦가을 희망

한 동안 안 보다 다시 보면 새롭습니다.

사람도 그렇고 글쓰기도 그렇습니다.

싫은 사람 좋아 보이고, 막히던 글도 술술 나옵니다.

때가 있고 시(時)가 있나 봅니다.

그래서 며칠 동안 모른 척했습니다.

제가 할 수 있는 것은

'기다림' 뿐인가 합니다.

_기다림이 초조한 어느 가을날에

원 하지 않은 것이 제 곁으로 왔습니다.

　반가움보다 이것들을

어떻게 처리해야 할까 고민하다

더 필요한 곳으로 보냈습니다.

아무런 반응이 없습니다.

기대는 않았지만 궁금하지 않을 수 없습니다.

애초에 아무것도 제 곁에 들어오지 않았더라면

이런 고민 하지 않을텐데 말입니다.

사서 걱정하는 게 바로 이런 것인가 봅니다.

　　　　　　　　　　_소유(所有)의 걱정에서

"Show와 Performance
Acting과 Being
철저한 무장의 부자연스러운 것과
무장해제의 자연스러운 것
호흡이 들뜬 것과 가라앉는 것
관객과 동떨어진 것과 함께하는 것
삶의 컬러와 무대의 컬러가 불일치 하는 것과
일치하는 것입니다."

김창옥 씨가 '쇼'와 '공연'을 비교한 말입니다.

삶을 흔히 연극이라고 합니다.
때로는 쇼, 때로는 공연입니다.
저는 쇼가 많았던 것 같습니다.
거친 호흡과 부자연스러움
관객이 따르지 않은 곳에서 호기만 부린 것 같습니다.
1막 1장의 쇼가 끝난 무대 밖에서
외로운 저녁을 맞습니다.
오늘을 낭비했다는 생각뿐입니다.

삶과 무대가 분리되지 않는

내가 주인공이고 내가 관객이 되는 공연이 되도록 해

야겠습니다.

_쇼와 공연을 생각하며

"**나**를 통해서 내가 사는 것만이 내 삶이 아니라,
남을 통해서 내가 살기도 한다. 내가 한 세상
등진다해도 누군가의 꿈속에 누군가의 마음 밭에,
살아 있을지도 모른다고 생각하니, 삶이란 것이 참으로
불가사의 한 측면이 있구나 싶어진다."

－송언 '선생님 쟤가 그랬어요'에서

누군가의 가슴, 생각 속에 제 자리나 제 기억이
남아있을지 궁금합니다.
그래서 묻고 싶어집니다.
제 삶은 괜찮으냐고
누군가의 마음 밭에 작은 것이라도 심어야 할 것 같은
오늘입니다.

_마음 밭을 훑어보며

오랜만에 강아지와 시골길로 나왔습니다.
토실토실하게 영근 벼들이 고개 숙여
인사합니다.
지난 여름 물에 푹 잠긴 벼를 보고는 처음입니다.
그 더웠던 여름을 이겨준 것이 고맙기만 합니다.
사진을 찍습니다.
벼들이 활짝 미소 짓습니다.
돌돌 말린 강아지 꼬리가 한껏 경쾌한 가을 들판입니다.

_가을 들판을 지나면서

"**너**는 네 세상의 어디쯤에 있느냐?
너에게 주어진 몇몇 해가 지나고 몇몇 날이 지났는데,
너는 네 세상 어디쯤에 와 있느냐?"

마르틴 부버(Martin Buber, 1878~1965)의 '인간의 길'입니다.

지금 제가 어디쯤에 있는지 가늠이 안 됩니다.
잘 가고 있는 것도 같고, 너무 욕심부려 뒤뚱거리는 것도 같고
남들보다 뒤처진 것도 같습니다.
'지금 제가 어디쯤 가고 있는지요?'
'지금쯤이면 어디에 가고 있어야 하는 것인지요?'

_길을 묻는 사람에게

"사람들이 차를 타고 모두모두 산으로 갑니다.

사람들이 차를 타고 모두모두 바다로 갑니다.

사람들이 차를 타고 모두모두 강으로 갑니다.

차들이 꼭 무슨 벌레 같습니다.

산과 바다와 강을 뜯어 먹으러 가는 벌레 같습니다."

김용택 시인의 '피서'라는 시입니다.

사람이 이렇게 자연을 뜯어 먹으니 자연이 병들어 갑니다.

자연이 병들어 가니 사람이 병들기 시작합니다.

공기를 오염시키는 차들로

도로는 꽉 막힌 정맥처럼 헐떡입니다.

무서운 피서 길입니다.

_꽉 막힌 도로에서

소금이
바다의 상처라는 걸
아는 사람은 많지 않다

소금이
바다의 아픔이라는 걸
아는 사람은 많지 않다

세상의 모든 식탁위에서
흰눈처럼
소금이 떨어져 내릴 때
그것이 바다의 눈물이라는 걸
아는 사람은
많지 않다
그 눈물이 있어
이 세상 모든 것의
맛을 낸다는 것을

– 류시화의 '소금'

소금 바다를 지나온 것 같습니다.

지금도 앞으로도 그럴 것 같습니다.

세상의 맛을 내는 것이

그것이라면

용감하게 받아들이겠습니다.

상처로 아프고 눈물이 날지라도 말입니다.

_소금 같은 삶을 뒤돌아보며

강 둑길 모퉁이 허름한 식당
　　주인 할머니의 굽어진 허리처럼

머리 조아려 들어가니

낯익은 얼굴이 적조한 손 잡으며 그간의 안녕을

나눕니다.

초록빛 투명한 소주를 시킵니다.

한잔, 두잔 기분이 오릅니다.

돈낭 한 접시에 양파, 마늘, 고추장이 전부입니다.

지글지글, 보삭보삭―

고기 아래쪽이 적당히 익자 소주를 붓습니다.

불꽃 속에서 돈낭은 이리저리 구워집니다.

한입에 한 잔씩 밑 빠진 소주잔이 말간 밑바닥을

드러냅니다.

한 병 추가

이슬 묻은 병뚜껑 잡고 옆으로 돌리니 하얀 김이

올라옵니다.

새 맛은 새 술잔에 첫 잔처럼 부어지고

한 병 두 병….

식탁 위로 나란히 병 몸매를 자랑합니다.

키 낮은 할머니께 인사하듯 나서니 비가 내립니다.

우산 하나 펼치고 둘이 걸어가는 것도 오랜만

시원하게 내리는 가을비가 우산 속을 따뜻하게 데워

줍니다.

_이 선생님과 돈낭에 소주를 함께하면서

섬을 향해 갑니다.

　　바다가 열리니 묻혔던 길과 갯벌이 나타납니다.

육지와 섬을 잇는 끈끈한 탯줄.

갯벌 위로 불어오는 바다 내음

점처럼 찍힌 조개들의 숨구멍

갈매기의 나긋한 날갯짓이 풍요롭습니다.

갯벌사냥 나간 사람들의 표정도 행복합니다.

수평선 너머 사라졌던 파도가

발목까지 적시니 바다가 나, 내가 바다가 됩니다.

조개 까고 새우 굽고 맑은 소주 한잔 나눕니다.

지난 얘기들이 진주처럼 쏟아지니 천국이 따로 없습니다.

바다는 다시 당신 품을 열어 길을 드러냅니다.

멀리 그쯤에 있을 섬 자취를 돌아봅니다.

바다 이쪽과 저쪽에서 보낸 하루가 꿈같기만 합니다.

　　　　　　　　　　_제부도를 다녀와서

막힌 창을 봅니다.

　　사계절 내내 뚝딱거리더니 검은 콘크리트 건물
이 들어섰습니다.

푸른 산등성이와 올망졸망 깜박이던 아파트며 이전에
살던 작은 이층집도

검은 콘크리트 뒤로 숨고 말았습니다.

이외수의 '바보 바보'에서 그랬던가요.

예전에는 문을 열면 훤하게 펼쳐져 있던 하늘이

손수건 한 장 크기로 남아있다고.

이제는 하늘을 넉넉히 쳐다볼 자격조차 없어진 것 같
습니다.

_옆 신축 건물을 건너다보며

"당신을 사랑합니다. 당신의 본모습 때문이 아니라,

당신과 함께 할 때의 나의 본 모습 때문에 당신을 사랑합니다."

엘리자베스 브라우닝(Elizabeth Barrett Browning)이 쓴 글입니다.

상대가 아닌, 상대로부터 변화되는 나 자신을 투영함으로써 느끼는 사랑

만약 제 가슴 한 켠에 불씨가 남아있다면

이런 사랑 한 번 해보고 싶습니다.

그와 함께하는 나의 본 모습

나와 함께하는 그의 본 모습

그도 사랑했으면 좋겠습니다.

_'사랑'을 떠올리며

스케치를 합니다.

여러 선을 긋습니다.

그리고 하나씩 지워가다 단 하나의 선만 남깁니다.

삶도 그러합니다.

아직 지우지 못한 선이 있습니다.

용기를 내어야 합니다.

다시 캔버스 앞에 섭니다

_그림을 그리면서

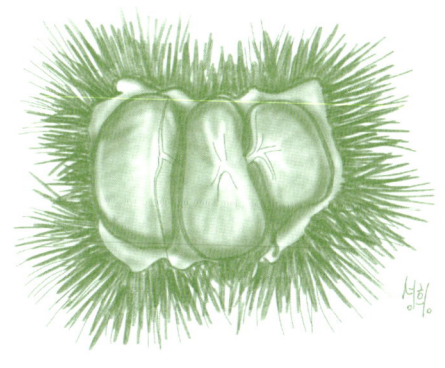

그 대가 어제와 별반 다르지 않으면서

좀 더 나아지기를 바라는 것은 말짱 헛일입니다.

_게으른 그대를 향한 일침

한 때 가까이했던 후배의 카톡을 열어봅니다.

몇 번 연락했지만 답이 없어 소식 끊고 살았는데
다른 이들과 다녀온 여행 사진이 올라와 있습니다.
활짝 웃는 모습 보니 소문과 달리 잘 지내고 있는 것
같습니다.
그래, 그렇게 살아가렴.
내가 아니어도 인연 찾아 잘 지내고 있으니 서운해하
지 않기로 했습니다.

_후배 카톡을 보면서

그리움은 그리움으로 남도록 합니다.
그리움의 실체가 보인다면 더 이상
그리움이 아닙니다.
그리움의 자리에 그리워지는 얼굴이 없다면
다른 누군가를 그리워할 겁니다.
우리는 누군가를 그리워하며 살아가는
또 누군가의 그리움이 되어야 하는
숙명을 지니고 있는 것 같습니다.

_그리움을 생각하며

겨울

12월, 겨울의 시작입니다.

어제와 다를 바 없는, 같은 생각, 같은 시각에 퇴근을 합니다.

어제보다는 차가워진 기운이 한 장밖에 없는 달력 때문인지 모르겠습니다.

'올해 1월에 쏜 화살이 정 방향으로 잘 날아가고 있는지.'

남은 날 동안 보완하겠지만 뭐 그리 큰 변화가 있겠습니까.

그래도 그런 변화를 기다립니다.

꿈이지만 어떻습니까. 꿈조차 꾸지 못하면 사는 게 얼마나 재미없을까요.

누군가에게 꿈 같은 일을 만들어 주는 것도 의미 있을 것 같습니다.

12월의 계획이 생겼습니다,

'남들에게 꿈같은 일을 만들어 주자.'

어떻습니까?

내년 봄은 그 꿈이 아름다운 꽃으로 만발하기를 기원합니다.

_꿈의 씨앗을 준비하면서

조 병준 시인의 '나를 미치게 하는 바다'처럼
바다에 서면 바람과 눈물을 만납니다.

떨어진 눈물만큼

바람에 날아간 먼지만큼 가벼워져 일상으로 돌아옵니다.

바다가 있어 무겁고 먼지 나는 현실을 묵묵히 넘깁니다.

미치도록 그리운 바다가 있기에

_바다를 꿈꾸는 12월 둘째 날에

씨앗 하나를 심습니다.
양분을 끌어올리는
씨앗의 생명력이 전해집니다.
머지않아 곧은 줄기 뻗고 가지도 펼치고 귀한 열매도
맺을 것입니다.
봄, 여름을 지나 가을 낙엽 떨구면 겨울도 금방 지나
갈 겁니다.
크고 우람한 나무
그 그늘 아래 많은 사람이 쉬어갈 것임을 감히 생각해
봅니다.

_마음의 겨울 씨앗을 심으며

살면서 잘 안되는 게 있다면 '용서'인 것 같습니다.
용서하고자 마음먹었어도 막상 마주하면
잘 안 됩니다.
다시 한번 만나게 된다면 용기 내어 용서를
해야겠습니다.
저 또한 누군가로부터 용서받지 못하고 있을테니까요.

_용서하는 마음으로

이렇게 해 본 게 얼마만인지요.

평범한 저녁

무치고 지지고 볶고 된장찌개 보글보글 끓는 저녁 식사
모임과 회식으로 비어있던 그이 자리도 주인을 만났고
학원을 도는 아들도 듬직하니 자리에 앉았습니다.
먹는 모습이 예쁜 딸아이도 제 앞에서 오물거리는
이 평범함이 살갑습니다.
소설가 한수산 씨의 말입니다.

"아직도 실체를 알 수 없는 추상명사 행복이라는 말을
그 오후의 앞에 놓아도 좋으리라. 행복한 오후였다."

평범했지만 진짜 행복한 저녁이었습니다.

_가족 모두 함께한 저녁 식탁에서

내 일이면 내일에 필요한 제 모습이 만들어질 것입니다.

지금은 불안하고 걱정이 많지만

약한 것이 들고 일어나 강한 것과 힘을 합쳐

내일 앞에 의젓하게 서 있을 겁니다.

그런데, 그 강한 것이 실은 지난날 저를 가장 불안케

했던 것임을 아는지요?

가장 큰 불안이 가장 큰 도약이 된다는 뜻입니다.

오늘이 어제가 된 지금, 반가이 내일을 맞이합니다.

_어제와 오늘이 만나는 시각에서

떡 국을 먹습니다.

철 들고자 만두와 떡살을 푸짐히 넣습니다.

한 그릇 비우니 어른께서 더 먹어라 권하십니다.

제가 철이 없어 그런가 봅니다.

두 분 그릇에서 떡을 좀 덜었습니다.

남은 것이 아깝다며 더 넣어 드십니다.

세월을 덤으로 얹고 가시려는지요.

이제 조금만 드십시오.

저희 웃음 듬뿍 받고 가셔야지요.

많이 웃으시고 새해 복 많이 받으십시오.

_새해에 드리는 인사

대학 합격자 발표날입니다.

어떤 친구 아들은 합격이요, 어떤 친구 딸은
불합격입니다.

단 잔과 쓴 잔을 함께 나누니 묘한 기분입니다.

지금 합격이 삶의 합격도 아니요

지금 불합격이 불합격한 인생을 살 것도 아님에도

합격과 불합격에서 나약해지고 맙니다.

나무를 봅니다.

멋스러운 나무는 반드시 적잖은 옹이를

끌어안고 있습니다.

옹이는 양분을 축적하고 병균으로부터

자신을 보호하기 위해,

필요치 않은 가지를 스스로 없애 간 흔적으로

온갖 풍파로부터 자신을 지켜온 나무의 노력입니다.

이제 겨우 시작입니다.

불합격 문턱에 주저앉은 이들

그들이야말로 하나의 옹이를 만들어 가는 과정입니다.

"종소리를 더 멀리 보내기 위하여 종은 더 아파야 한
다"는 말이 있습니다.

그들의 작은 놓침 하나가 큰 희망을 놓치는 실(失)을

범하지 않도록

긴 안목으로 지켜봐 주셨으면 합니다.

_S대 합격자 발표 날에

다가가기 힘든 사람이 있습니다.

주고 싶어도 받지 못하는 사람

주어도 고마워하지 않는 사람

예의를 차려도 용서가 안 되는 사람

이런 사람에게 다가가는 것은

상대방에게도 자신에게도 상처입니다.

상처는 가급적 만들지 않았으면 합니다.

_어떤 모임을 뒤로하면서

당신이 오신 날은 행복합니다.

피곤도 모른 채 당신을 위한 상을 차립니다.

잘 드시는 당신을 보는 것은 즐거움이요.

배부르시다는 말씀은 노래처럼 들립니다.

늘 이렇게 당신과 지낼 수 있다면 여한이 없는데

당신과 저의 종교관이 너무 다릅니다.

그 사실이 서로를 외면하게 하니

당신과 함께하는 시간이 많은 듯 부족합니다.

당신이 가시는 날은 슬픕니다. 그리고 죄송합니다.

당신의 마음에 짐보따리만 한가득

챙긴 것 잘 드시고 오래오래 강녕하시기 바랍니다.

_친정아버지를 보내는 딸이

지금껏 제 욕심으로 끌어당긴 것을 '인연'이라고 생각했습니다.

그래서 어렵고 힘들었나 봅니다.

"산은 산이요, 물은 물이다." 성철 스님의 말씀처럼 흘러가듯 살아야 했습니다.

인연이란 것이 잡는다고 잡히는 것도 아니요,

쥐어진다고 제 곁에 남는 것도 아닌데 말입니다.

이제야 이것이 인연의 또 다른 모습이라는 것을 깨닫습니다.

지금의 인연을 사랑해야 합니다.

지금의 인연에 최선을 다해야 합니다.

좋은 인연은 더 좋은 인연을 만들어 줍니다.

_짧은 인연을 아쉬워하며…

허브농장을 찾았습니다.

꽃이 사라진 밭에는 봄을 기다리는 마른 줄기와
헤쳐진 흙덩이만 보입니다.

언젠가 다시 피어나리라는 기다림이 있어

지금의 삭막함이 싫지 않습니다.

온실 안입니다.

여기도 겨울을 지낸 듯 어수선합니다.

로즈마리를 손끝으로 쓸어봅니다.

제게도 이런 향기가 났으면 좋겠습니다.

'허브는 신이 준 최고의 선물이다'란 팻말이 들어옵니다.

왜 선물인지 알 것 같습니다.

돌아오는 차 안에서 로즈마리 향기를 맡습니다.

정신이 맑아집니다.

자연으로 순화되어 가는 제 모습이 마음에 듭니다.

_허브농장 '풍향기 나라'를 다녀와서

이별을 위한 저녁 자리를 했습니다.

밥집보다 소줏집으로 갔습니다.

조심스레 한잔 두잔

역시 젊음은 훌륭했습니다.

군 입대를 앞두고 유럽 배낭여행을 간다는 그들

제가 젊음을 흥청망청 보냈다면, 그들은 가치 있는 도전을 하고 있었습니다.

한 수 배웁니다. 시간을 그렇게 쓰라고 말입니다.

맑은 잔 부딪기를 흐트러짐 없을 정도만 끝내고 나왔습니다.

아쉽기도 했지만 행복했습니다.

다시 만날 그때 그들에게서 굵어진 그 무엇을 보리라 믿습니다.

이별은 또 다른 기대를 낳는 것 같습니다.

_두 후배를 만난 후

지구가 이상 기온 병을 앓는지 봄같은 겨울이 계속되고 있습니다.

우주 속 미물인 인간이 주인인 것처럼 자연을 훼손하니, 벌을 내린 것 같습니다.

추울 때 춥지 않으니 겨울이란 말이 재미없습니다.

한겨울 추위를 지내야 싹을 틔우는 곡식들도 시들합니다.

봄같은 햇살에 멋모르고 나온 싹도 여기저기 보입니다.

뒤죽박죽 헷갈리니, 우리 삶도 머지않아 뒤죽박죽될까 두렵습니다.

자연을 저버리는 인간들이 겨울 추위에 얼른 제정신을 차렸으면 합니다.

_겨울 속의 봄날을 걱정하며

"**크**게 버려야 크게 얻는다"는 법정 스님,

"사치는 가난이나 마찬가지로 악덕이며, 우리의 목표는 풍부하게 소유하는 데에 있지 않고 풍성하게 존재하는 것이어야 한다"고 했던 칼 마르크스.

버리는 건 적고 소유하려는 욕심이 많다는 것을 부인하지 못합니다.
정들어, 눈에 익어, 언젠가 쓸모가 있을 것 같아 버리지 못합니다.
버리는 용기, 필요한 곳에 나누고자 하는 마음
움켜쥘수록 빠져나간다는 것을 새겨봅니다.
'나누면서 살아가기'를 목표로 삼아야 할 것 같습니다.

_버리는 것을 실천 다짐하면서

지 나간 것에 대해 관대해야 합니다.

좋은 일이건, 싫은 일이건 과거에 매달려 현재를 낭비하지 않았으면 합니다.

제 서랍장에는 과거 제본들로 가득합니다.

오늘은 어떤 제본을 선택할까?

어떤 것이라도 상관없습니다.

지금에 맞추다 보면 오늘이 끝날 쯤에는 제 몸에 딱 맞는 옷을 입고 있습니다.

과거는 현재를 떠받치는 원동력이 되어야 합니다.

중요한 것은 바로, '지금'입니다.

_과거에 집착하는 이들을 보면서

타인의 시간

살다 보면 타인의 시간 속에 제가 있는 경우가 많습니다.

타인의 식성,

타인의 행동,

타인의 웃음에서 저를 만납니다.

그렇게 저를 타인 속에 넣어두는 것도 하나의 배려임을 배워갑니다.

제 시간 속 타인의 모습이기도 하니까요.

_타인 속의 나를 보면서

글은 저를 긍정적이게 만듭니다.

글은 저를 깊게 합니다.

글은 저의 종교요, 믿음입니다.

글은 저를 수정케 하며 정화 시켜줍니다.

글은 저의 여정이며, 동반자입니다.

글은 저의 생명이며, 글이 있어 살아가게끔 합니다.

글은 글을 사랑하지 아니할 수 없게 합니다.

글은 제가 살아가는 이유입니다.

_글에게 나에게

굴레가 편하게 느껴집니다.

굴레 밖에 있을 땐, 이 굴레가 답답해 보였지만 막상 굴레 안에 들어와 보니 지금이 만족스럽습니다. 되려 굴레 틈새로 새로운 것이 스며들까 걱정까지 됩니다.

하지만 이것도 잠시

이 굴레가 지루해지면 또 다른 굴레를 만들어 갑니다.

이것을 반복하다 보면, 언젠가는 모든 굴레가 끝납니다.

굴레의 끝,

그 끝에는 인생의 끝에 서 있는 자신을 발견하게 됩니다.

_굴레 속에 안주하는 나를 향해

오늘은 아무것도 하지 않으렵니다.

글 쓰려고 하지 않을 것이며,

메일 열어 답장도 안 할 것입니다.

누군가에게 가르치려 목소리 높이지도 않을 것이며,

수첩 가득 적힌 계획을 오늘만은 미루려 합니다.

있는 그대로 보고 들으며

흘러가는 대로 있어 볼까 합니다.

가끔은 머리에서 해방되고 싶습니다.

_바쁜 어제를 보내고

이별 이야기입니다.

아주 귀엽고 작은 고양이입니다.

늦은 밤 귀갓길에 녀석의 울음을 듣고 데려왔습니다.

너무 여리고 작아 솜뭉치를 든 것 같았습니다.

녀석이 배고파하는 것 같아 밥이라도 먹여 제 어미 품으로 보내려 했습니다.

마침 잠들지 않은 아들, 딸이 어쩔 줄 몰라 합니다. 맞벌이 부부라 저녁이 되어야 만나는 현실인데 아이들은 고양이를 키우자고 보챕니다. 마음은 제 어릴 적 '나비'(고양이 이름)를 생각하며 함께 지냈으면 했지만 그때의 친정엄마처럼 저 또한 안 된다고 말했습니다.

다음 날 아침, 아이들이 일어나기 전 어제 그 장소에 녀석을 놓고 왔습니다.

단호히 거절할 수 있다는 것.

이별을 단행할 수 있다는 것이 어릴 적 나와 지금 나의 차이점입니다.

어른이 된다는 건 동심과 멀어지는 가장 큰 이별입니다.

_이별을 아무렇지 않게 할 수 있는 어른으로

어른의 선택이 반드시 낫다고 생각하지 않습니다.

한 번 선택한 것을 계속해야만 한다고 생각하지도 않습니다.

오늘은 아이가 선택한 것을 따르기로 했습니다.

다른 기회를 주기로 한 것입니다.

그러니 몸과 마음이 가벼워졌습니다.

때로는 아이가 어른보다 어른스럽다고 생각합니다.

_딸아이가 가기 싫어하는 학원을 끊으면서

아직 가야 할 길이 있고, 할 일이 있다는 것에
　　행복합니다.
나의 부족함을 채울 것이 넘친다는 것도
고마울 뿐입니다.
만나야 할 사람과 책, 여행이 있다는 것도 무한한
축복입니다.
어제보다 나은 오늘이란 괜찮은 착각
남은 삶이 더 아름다우리라 믿습니다.

_남은 것들에 대한 소고

요즘 들어 '어머니'란 단어를 자주 만납니다.

이미 '어머니'란 자리에 있지만

진짜 '어머니'가 되고 싶습니다

하지만 늘 제 어머니보다 못한 '어머니'일 뿐입니다.

지금의 아들딸, 후손의 기억 속에

겸손히 빛나는 '어머니'로 남았으면 하는데,

이미 욕심 많은 어머니가 된 것 같습니다.

_'어머니'에 대한 욕심으로

기 도 합니다.

받는 것보다 베푸는 것이

좋음을 느끼게 해주십시오.

대가를 바라지 않고 주는 것에

행복을 찾도록 해주십시오.

어리석은 생각과 아닌 바램을 용서하시고

저를 좀 더 넓게 만드시고

높은 인격을 기르게 해주십시오.

초심을 잃고 진실을 왜곡하려는 것에서

저를 지켜주시고

무(無)의 지혜를 실천케 해주십시오.

무엇보다 이런 기도에 매달리지 않는 순간순간이

되도록 해주십시오.

_푸르른 계절 앞에 시든 자신을 향하여

그런 날은 반드시 오고야 맙니다.

　　설레는 만남도 오래전 지나갔고,

두려운 마음으로 저녁 기도 하던 그런 날도

지나갔습니다.

청춘의 파도도 한풀 꺾인 채 지나갔고,

세월이 내려앉은 흰머리가 허옇게 자리를 잡았습니다.

미운 사람 더 미워하던 그런 날도 지나갔고

사랑하는 사람 잃어 생의 끝 같았던 그런 날도

지나갔습니다.

이렇게 매일 오늘이 되어 그런 날이 됩니다.

오늘은 그런 날을 사랑하며 받아들이는

바로 그런 날입니다.

_'그런 날'이란 단상

동그란 얼굴, 터질듯한 볼

　어느 한 곳 어두움이 없는 맑은 그림을 봅니다.

그림 속 동자스님께 미소를 건넵니다.

투명 수채로 그린 솜씨가 이렇게 고마울 수가 없습니다.

세상 어디에 이런 사랑스러운 표정을 그려 웃음과 행복을 주는지요.

조용히 책을 안아봅니다.

오래오래 가슴에 머물기를 기도합니다.

_원성 스님의 '마음'을 읽고서

어떤 것이든 한 분야를 뚫고 간다는 것은 훌륭하다고 봅니다.

분명 인정해 줘야만 합니다.

된 사람일수록 그 훌륭한 점을 보려 합니다.

힘들고 외로운 길을 걸어왔다는 것을 알아주고 독려해 줍니다.

짧고 평탄한 길을 걸어온 그런 사람들이 함부로 판단해서는 안 되는 것입니다.

_소신을 지닌 사람을 만나고

서 가를 돌아봅니다.

보석처럼 박힌 서적들, 싫지 않은 유혹입니다.

한두 군데만 가던 시선이 사방으로 흩어집니다.

찾지 않던 곳도 찾게 되고

보이지 않던 것들도 펼쳐 봅니다.

내 지식이 한층 나아졌다는 뜻이었으면 좋겠습니다.

_서점 서가를 돌며

이마를 가립니다.

하나씩 삐져나온 흰머리가 어느새 한 무리를 이룹니다.

제 나이도 먹을 만큼 먹은 가 봅니다.

한 올 흐트러짐 없이 뒤로 묶던 시절이 까마득합니다.

그래도 참하게 아래로 빗어 내리면 젊어 보인다니

늙음을 애써 한 수 물리고 있습니다.

나이 들면 머리 모양이 왜 그리 똑같을까 했는데,

나 또한 부지런히 그 길에 접어들고 있습니다.

조용히 순응하며 받아들이는 것밖엔 없는 것 같습니다.

배울 것도 가르칠 것도 없는 12월 끝자락입니다.

_흰머리가 늘어가는 내 모습을 보며

'휘 발한다.'

가장 먼저 떠오른 단어입니다.

예전엔 이렇듯 쉽게 날아가지 않았습니다.

나와 관련된 것들은 무조건 붙잡아 두려고 했습니다.

이제는 극에 달했는지 잡히지 않고 날아가 버립니다.

그냥 내버려 둡니다.

한껏 자유로움을 느끼고 싶습니다.

지금은 이 자유로움마저 너무나 절실하니까요.

_거머쥔 것들에 눌린 힘든 일상에서 벗어나려

원하는 것(want)과 필요한 것(need).

need가 want라면 행복은 가까이 있는 것입니다.

want가 need 하면 행복은 멀어질 것입니다.

원하는 것(want)은 줄이고,

필요한 것(need)도 나눌 수 있는 것이 진정한 행복인

것 같습니다.

_스펜서 존슨의 '행복'을 읽고

글을 쓴 후

♣

"배운 것을 전달하라."

어느 책에서 이렇게 말합니다.

잠시 생각에 잠깁니다.

글을 쓰고 있는 이유가 무엇일까?

사실 처음엔 제 자신의 위한 일종의 카타르시스였습니다.

제 안의 격분과 울분, 감정을 쏟아놓기 위한 하나의 형식이요 돌출구였습니다.

그러다 나만 겪는 과정이 아님을 깨닫는 순간 누군가와 함께 나누고 싶다는 것을 느꼈습니다.

그래서 공감의 한 방편으로 글을 썼습니다.

지금은 나 자신을 객관적으로 바라보기 위해 글을 씁니다.

제가 갖고 있는 작은 배움, 나누고 싶은 것을 정리하고 기록합니다.

제 자신만을 위한 것이 아닌 타인을 위한 것으로 제

글이 조금의 보탬이 되기를 기도합니다.

정갈하고 소담한 자리에서 글로서 만나기 위한 아름다운 과제이며 보람입니다.

♣

두 번째 진통을 하고 있습니다.

정확히 진통이 다가오는 것을 느끼고 있을 뿐입니다.

초읽기라고 말할 수 있을까요?

아픈 것만이 진통이 아닌 것 같습니다.

얼마나 힘든 진통이 올지 상상하는 것도 이미 진통의 시작입니다.

지금으로선 이 진통이 지난 뒤 더한 고통이 올 것 같은 예감입니다.

허전함? 허탈감?

어쩌면 후회감일지도 모르겠습니다.

다만 이 진통이 어디서부터 시작될지 언제부터 시작할지 아무것도 할 수 없고 알 수 없다는 것입니다.

그저 기다리고 있을 뿐입니다.

지금,
행복
하기

초판 1쇄 발행 2026년 3월 12일

글 · 그림 심성희
펴낸이 이낙진
편집 · 디자인 홍성주, 이지은

펴낸곳 도서출판 소락원
주소 경기도 양평군 강상면 강남로 714-24
전화 010-2142-8776
이메일 sorakwon365@naver.com
홈페이지 www.sorakwon365.com

ISBN 979-11-990488-9-8 03810

• 책값은 뒤표지에 있습니다.
• 파본은 구입하신 서점에서 교환해 드립니다.